CONFISSÕES DE UMA Garota QUASE NORMAL

Confissões de uma garota quase normal

Editores: *Luiz Saegusa* e *Claudia Z. Saegusa*
Capa e ilustração: *Ana Paula Ribeiro*
Diagramação: *Mauro Bufano*
Revisão: *Claudia Z. Saegusa*
1ª Edição: *2016*
Impressão: *Imprensa da Fé*

Rua Lucrécia Maciel, 39 - Vila Guarani
CEP 04314-130 - São Paulo - SP
11 2369-5377
www.letrajovem.com.br - facebook.com/letrajovemeditora

Dados Internacionais de Catalogação na Publicação (CIP)
(Câmara Brasileira do Livro, SP, Brasil)

Ribeiro, Ana Paula
Confissões de uma garota / Ana Paula Ribeiro ; [ilustrações da autora]. -- São Paulo : Intelítera Editora, 2016.

1. Diários - Literatura infantojuvenil I. Título.

16-06025 CDD-028.5

Índices para catálogo sistemático:

1. Diários : Literatura infantojuvenil 028.5
2. Diários : Literatura juvenil 028.5

ISBN: 978-85-63808-70-7

Boneca e Batom

Crescer é mais do que fazer aniversários,

Ser é mais do que ter nome e identidade,

Ter é mais do que querer e desejar,

Viver é mais do que sonhar e fazer,

Amar é mais do que dizer, eu te amo.

I

Eu e eu

Hoje, resolvi abrir este caderno e finalmente escrever o que quero. Acho que aqui ninguém vai tirar onda das minhas coisas, do que eu desejo fazer, pensar ou dizer. Seremos só eu e eu, ninguém mais.

Há muito tempo, venho querendo guardar momentos legais e também aqueles que me tiram do sério e me enlouquecem, mas sempre adiei esta ideia por achar que alguém, minha mãe, meu pai ou minha irmã mais velha pudessem pegar meu diário e ler minhas confissões.

Juro falar a verdade!

Aqui eu quero ser verdadeira, sem medos e cheia de ideias malucas que não consigo passar para ninguém, mas ver o mundo com outros olhos, os meus olhos, os meus sonhos, é muito irado. Na boa, é tudo o que quero!

Quando minhas amigas começaram a me falar sobre seus diários, eu percebi que todas temos essa vontade de guardar nossos segredos. Será que adulto é assim também?

Às vezes, vejo minha mãe quieta, pensando, meio triste, pra baixo e eu queria saber se ela conta as tristezas dela para um diário.

E homem? Meu pai conta as decepções dele para quem?

Mas também, se o diário servir apenas para a gente escrever o que for ruim, ele será muito chato!

Dúvidas

Vou fazer do meu, um amigo, aquele amigo que sabe tudo, mas não fala nada, nada mesmo!

Preciso pensar onde vou guardá-lo, para que ele se sinta protegido e não tenha medo de se mostrar pra mim.

Onde as pessoas guardam seus diários?

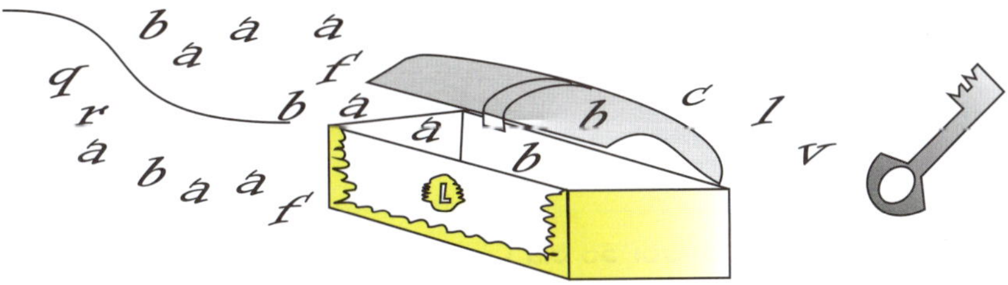

Acho que este será meu maior segredo. Maior do que as coisas que ele vai guardar sobre mim.

Vou começar me apresentando:

Meu nome é Patrícia, mas gostaria de ser apenas Paty, que é menor, mais bonitinho e dengoso. Meus pais não sabem disso e meus amigos adoram me chamar pelo apelido.

Paty

Não me acho tão interessante para que alguém queira saber sobre minha vida e também nem imagino a galera descobrindo as maluquices que saem da minha cabecinha de vento.

Gosto de ser legal e acho que isto é o mesmo que sorrir bastante, ajudar os amigos, ficar quieta quando a professora está dando aula, respeitar meus pais e participar das atividades que a escola inventa, pois assim fico em meio aos amigos e faço novas amizades, além de deixar meus pais felizes.

Escola

Sou feliz quando posso ser eu mesma, sem me preocupar se é para estar feliz ou mostrar tristeza e também procuro não brigar, isto não é pra mim.

Viver na paz e no bem, este é meu segredo!

Paz

Paz

Às vezes, tenho vontade de brincar com minhas bonecas. Acho todas lindas, mas algumas meninas da escola dizem que boneca é para criança e eu fico na dúvida se ainda sou criança ou se já virei adolescente.

Será que existe um nome para quem está no meio disso tudo?

Família

Outras vezes, eu quero fazer comidinhas e dar banho nas bonecas, mas sem minhas amigas por perto. Não quero nenhuma delas tirando onda das minhas brincadeiras de criança.

Será que iriam rir de mim ou das bonecas?

Brincadeiras de crianças

Pensando bem, isto pode nem acontecer. Minha irmã mais velha tem bonecas e bichinhos de pelúcia no quarto e eu vejo as amigas dela brincando com eles, abraçando-os e os chamando de fofos. Elas são muito mais velhas do que eu.

Fico por perto quando elas resolvem brincar de salão de beleza. Uma arruma o cabelo da outra e usam batom. Parecem minhas lindas bonecas.

Será que as meninas se arrumam para ficarem parecidas com suas bonecas?
Ou será que meninas só brincam de bonecas para parecerem com suas mães quando estão com seus bebês?

De uma forma ou de outra, o bom mesmo é termos bonecas para enfeitarem nossos sonhos, nosso quarto, para fazerem companhia quando sentimos medo e para nos ouvirem.
Elas são nossas melhores amigas!

Mamães também são nossas amigas e das melhores, pois falam, enquanto as bonecas só aceitam tudo o que fazemos e dizemos. Mas, de boa! Isso também é bom!

Eu tinha uma boneca, a Alice, que ficou muito feia quando, certo dia, eu arrumei o cabelo dela e usei o batom da minha mãe na boca e nas bochechas dela. Queria saber fazer exatamente como minha irmã e as amigas dela fazem.

Talvez as bonecas não gostem de brincar de meninas, só as meninas que gostam de brincar de boneca.

Eu também tenho um anjinho que me ajuda a conversar com Deus; com ele, aprendi o Pai Nosso e minha mãe falou que Jesus quando veio à Terra, nos mostrou tudo o que devemos fazer para sermos bons.

Certa noite, eu estava me preparando para dormir e quando eu peguei meu anjinho para conversarmos com Deus, eu percebi que minha mãe estava na porta do quarto ouvindo o que eu dizia. Não liguei, mas acho que ela deveria ter entrado no quarto para conversarmos juntas com Deus.

Na boa, será que ela ficou com vergonha de mim, ou queria conhecer meus segredos com Deus?
Não entendo bem onde eu posso encontrar Deus, mas acredito que Ele me escuta e como eu gosto dessa ideia, falo com Ele o tempo todo.
Vou começar a escrever para você, meu amigo diário e vocês serão meus dois amigos.

Um na Terra e outro no Céu.

Não sei se meus pais vão se sentir fora desta lista, mas eles também são meus amigos reais. Com eles, dá para chorar, rir e sentir que estão enxugando minhas lágrimas ou cuidando da minha dor de barriga.
Deus fez um coração pequeno dentro da gente, mas o coração cresce cada vez que amamos e vai diminuindo se odiamos.

Acho que funciona assim:

Tudo o que fazemos de bom faz nosso coração ficar grande, bem grande. E o que fazemos de ruim só pode fazer com que ele fique tão pequenininho, que chega a doer dentro da gente.

Esta é a mágica de Deus: Ele lava nosso coração com as lágrimas, depois cura nossa dor e coloca a gente para dormir.

E a dor, que parecia muito grande, fica menor. Como Ele faz isto é um mistério, mas funciona direitinho.

Não sei como algumas pessoas vivem sem falar com Deus, se Ele é o único que nos escuta, em qualquer lugar, a qualquer hora.

Também é bom olhar para todos os lados e encontrar amigos. Eles podem vir de todo jeito, só precisam nos amar e se importar com a gente. Bom demais até, como comer fruta que está madura, sorvete e brigadeiro, é termos amigos que ficam tristes ou alegres, junto com a gente e que sabem nos ouvir.

Ah! Eles precisam nos entender também!

Não abro mão disso.

Tenho dúvidas se todos pensam como eu e se escrevem em seus diários, cadernos ou agendas, coisas assim; não sei se devo escrever sobre o almoço, que hoje não estava bom, ou se falo apenas do meu grande amor pela dança e todos os problemas que tenho por causa desta paixão.

Quero que você ouça, leia e guarde tudo o que sinto, o que meu coração pede para eu escrever.

Assim eu me vejo e gostaria muito de saber se mais alguém se parece comigo, pois você, diário, já é igualzinho a mim. Quem sabe, depois de conhecerem meu mundo maravilhoso através de você, cheio de tudo o que há de melhor: aventuras, amores, dança, viagens e muito mais. Tudo isso será possível.

Vida

Amor Adolescente

Família Atividade Paz

Liberdade Bem

Autoridade Respeito Luz

Incentivo Diversão

Saúde Amigo Sonhar

Perdão Emoção

Amadurecer Legal

Criança Aprender

Autoconhecimento Ser

Deus Eternidade

Compromisso Legal

II

Padrinhos Mágicos

Bem, essa ideia surgiu de tanto eu assistir tv, mas pensando melhor, esse foi sempre o desejo de toda criança.

Lembro-me de quando eu ficava com minhas amigas imaginando o que pedir aos nossos Padrinhos Mágicos, só não sei se os pedidos seriam atendidos ou feririam o CPM - Código dos Padrinhos Mágicos.

Padrinhos muita gente tem, uns dependem da religião, outros da formatura da escola, da faculdade. Minha mãe falou que no Nordeste tem até padrinhos de fogueira!

Quando os nossos são por causa da religião, nossos pais decidem e escolhem aqueles que serão nossos "segundos pais" e são muito amigos.

Até aí, tudo bem, mas imaginem se eles pudessem ser mágicos? Acabariam todos os nossos conflitos e problemas!

Seria realmente o máximo, tipo DEZ!

10 10 10

Na escola, eles seriam nossos escudos para nos defenderem daqueles que só querem brincar com a cara da gente.

Alguns amigos mais parecem inimigos, ficam o tempo todo fazendo barulho na sala, não deixam a professora falar e explicar o assunto da aula e ainda se acham espertinhos.

Silêncio, por favor!

Para estes, meus padrinhos dariam uma dose de calma e educação.
Na aula de Educação Física, eles me ajudariam a correr e fazer aqueles exercícios que me deixam cansada. Com um raio de energia mágica, eu me tornaria a *SuperGirl*.

Com as tarefas, eles me ajudariam nas pesquisas, eu faria a pergunta e rapidinho, como num flash, eles me mostrariam um texto com as respostas. Espera! Acho que eu teria que ler tudo, ou não estaria certo.

Interpretação de texto *Geografia*

História *Literatura*

Realmente, eu estaria errada, pois eu não aprenderia nada. Padrinhos precisam nos ajudar a aprender de forma correta, e não passar as respostas prontas.

Dona coruja, quero sua sabedoria!

Pegar as respostas prontinhas fere o CPM.

Será que daria para pedir uma inspiração extra ao professor de teatro?

Na aula de teatro, o figurino dos meus personagens seria o máximo. Poderia pensar em qualquer coisa e... Pluft! Tudo estaria em minha frente, pronto para ser usado.

E as Cristais que se acham as mais poderosas da escola? Quem sabe eu também pudesse pedir um jeitinho diferente de mostrar para elas que a aparência não é tudo. Acho que seria uma boa lição.

E em casa? Aí sim, eu teria muito trabalho para eles!

Logo de cara, eu queria várias bonecas de estilos e tamanhos diferentes: as que falam, que comem e choram. O meu quarto seria todo enfeitado de princesas, mas só na hora da brincadeira, depois, tudo voltaria a ser normalzinho.

Na minha estante, eu queria vários livros legais e cheios de aventura para eu viajar em cada uma delas e, se possível, viver algumas com a ajuda deles.

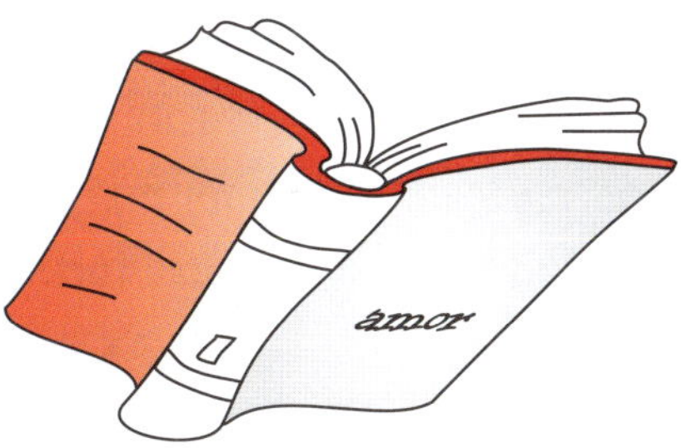

Eita, com esta eu me superei! Foi demais!!!

Kit sobrevivência

A Carla, minha irmã, ficaria louquinha quando visse meu quarto arrumadinho o tempo todo e mamãe bem calminha. Isso seria o máximo!

Na porta do meu quarto teria um quadrinho assim:

Como eu a amo muito e ela, às vezes, é legal comigo, eu poderia pensar em algumas aventuras com ela, mas com a condição dela não revelar meu segredo para ninguém.

Não sei como eu poderia incluir meus pais em algumas aventuras. Fazer tudo em família é sempre melhor e como os padrinhos seriam mágicos, eles, na certa, teriam algumas ideias bem legais para turbinar nossa convivência, em casa.

Uma delas, seria reunir todos da família: os avós, primos, tios, seria uma festa maravilhosa, com brincadeiras e comidas de verdade. Só não poderia faltar brigadeiro e bolo de chocolate.

Pensando bem, isto seria viver um sonho, mas se tudo na vida fosse tão perfeito, não teria a menor graça.

Às vezes é bom errar para aprendermos com isto. O erro faz a gente pensar nas babaquices que fazemos, nas asneiras que dizemos quando estamos zoados.

O pior de tudo mesmo e não sei ainda como não sofrer é perder nos jogos da escola!

6A	6B
01	03

Não acho legal deixar meus pais tristes. Fico com uma baita vergonha deles. Penso que querem uma filha perfeita, que acerta sempre e quando eu erro, a cara de decepção deles, já me deixa arrependida.

Toda filha quer ser admirada pelos pais. Eu quero muito e meus amigos também, mas as vezes não conseguimos, agimos errado e fazemos tudo diferente.

Será que nossos pais sabem que a gente tenta fazer o certo?

Vai lá que alguns amigos não pensam muito nisto, o que eles querem mesmo é fazer tudo diferente e chamar toda a atenção possível. Não entendo bem a cabeça deles e me pergunto se eles conversam com os pais.

Ter Padrinhos Mágicos e não conversar com os pais seria trágico. Tudo daria errado, pois o poder deles nos levariam a fazer tudo por nossa conta e toda vez que fugíssemos das lições dos nossos pais, certamente nos daríamos muito mal.

Ficar desconectados com os pais pode nos levar a pôr o mundo de cabeça para baixo.

Será que estes meus sonhos, um dia, poderão mudar o mundo?

Pode ser que minhas ideias façam a diferença na cabeça dos jovens e adultos, e o mundo veja que as lentes dos nossos óculos possuem um colorido bem diferente. Que as cores que usamos são as das atitudes que eles nos ensinam.

Da próxima vez que eu conversar com Deus, vou falar um pouco sobre isto, vou pedir para nos ajudar a fazer um mundo mágico.

III

As Cristais

Ficha de Inscrição Cristais

Nome: isabela

Apelido: isa Idade: 10

O que mais gosta: SUSHi

O que não gosta: milho

Melhor livro: ???

Brincadeira preferida: polícia e ladrão

Melhor série: sou luna

Matéria preferida: matemática

Melhor cantor(a): ariana grande

Cores preferidas: rosa verde lilás

Pensamento:

As Cristais são as meninas mais populares da escola.

Quando elas passam pelos corredores da escola, todo mundo fica olhando e comentando.

Não são todas que podem participar do grupo. Elas escolhem quem entra e quem sai. Além disto, exigem um montão de coisas que a"candidata" precisa ser e fazer.

Eu quero ser candidata?

A primeira coisa é querer aparecer!

Precisa também se vestir de forma diferente, no estilo que elas adotam. Sapatos com brilho, cinto, bolsinha colorida, os cabelos bem arrumados e estar sempre ligada com as novidades e tendências da moda.

Em sala, sentam todas juntinhas e fazem os trabalhos em grupo. Tiram onda dos que chamam babacas, ou seja, pode ser qualquer um que não concorde com as brincadeiras delas ou que não queira rir das gracinhas sem graça.

Fico imaginando como seria criar um grupo como as Cristais, não poderia ter nada parecido com o delas.

Ter um Grupo ou uma Tribo, como minha irmã fala, é comum entre os jovens. Só que nos deixam distantes dos outros amigos e depois de um tempo, nem lembramos que este ou aquele amigo que está fora do grupo é legal.

Eu sou legal?

Um grupo deve ser formado por pessoas que gostam das mesmas coisas, das músicas e livros e da comida também. Se não for assim, todo dia será a maior confusão até para decidir onde lanchar.

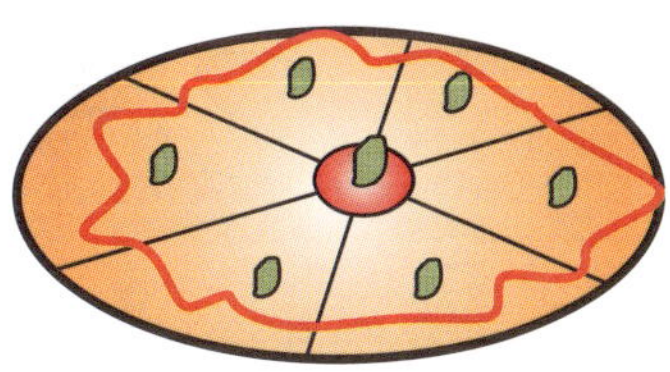

Vale pensar em muita coisa legal para fazer, comer e ter.

Várias dicas de livros e filmes, músicas e baladas.

Para evitar muita confusão, podemos pensar em um líder.

Isto eu não sei direito como funciona, mas acho que ele vai ser como o nosso representante de sala.

O voto deve ser secreto e ninguém pode fazer campanha. Cada um deve votar em quem achar melhor, o que tem as ideias mais legais e também quem sabe conversar para evitar muito bate-boca.

Precisa também de um nome. O mais difícil é acharmos um que combine com o grupo. Moderno e fácil de decorar.

Dengo

Bolados

Friends

Não concordo e digo NÃO a uma seleção que todos precisam passar. Já vivemos isto para entrarmos na escola, nos testes, nos times e campeonatos. Os grupos deveriam ser abertos a qualquer um que se identifique com eles.

Devem ter um Código de Honra que proíbe fazer coisas erradas e discriminar os que são e pensam diferente de nós.

Respeito às diferenças!

Pode ter uma tarefa semanal para ajudar alguém nos estudos ou em qualquer outra coisa, sei lá, precisa mesmo é ser útil.

Fazer o bem, ajudar é sempre bom!

Sempre olhei para as Cristais e por um tempo pensei em ser uma delas. Ficava olhando como agiam, mas não conseguia chegar perto e pedir para preencher uma ficha e fazer parte do grupo.

Queria, mas achava que meu modo de ser não combinava com elas. No último ano eu até que me aproximei da Sara.

Uma das Cristais que precisou de uma ajuda minha em português.

Durante nossos estudos, ela parecia ser uma garota bem legal, sem muito MIMIMI. Mas mudava quando as outras Cristais chegavam perto. Parecia não querer mostrar que estava comigo.

Na boa, se fazer parte de um grupo é ter vergonha de quem nos ajuda e é legal conosco, eu não acho bom.

Isto é muito ultrapassado!

Ficava triste por ela, pois deve ser muito difícil para alguém querer fazer alguma coisa e não poder por causa da galera do grupo, com medo de ser expulso ou coisa assim.

Mesmo assim, para ir na onda delas, eu perguntei como fazer para entrar no grupo. Não era difícil, mas precisava fazer um juramento de fidelidade a todos do grupo.

O juramento dizia que todas deveriam ajudar quando uma delas pisasse na bola e precisasse do depoimento das outras. Isto era bom para todas elas, pois só de pensar em ter que chamar os pais para conversar com o coordenador, já causava um frio na barriga de todos as alunos. Este medo não era só das Cristais.

Ainda bem que eu desisti da ideia de ser uma delas; hoje, vejo que eu não estaria feliz ou teria alguns probleminhas na minha vida nada fácil. Não é legal ficar mentindo, mesmo para ajudar um amigo e sei que eu não ia me sair bem fazendo isto com o coordenador.

Sara, a Cristal a quem eu ajudei, continuou a se aproximar de mim e às vezes sentava perto e copiava as tarefas ao meu lado. Gosto dela e não me importo se tem algumas manias malucas das Cristais.

Toda garota precisa se sentir bem do jeito que é. Pronto falei! Com tudo aquilo que ela admira e enxerga de belo na obra de Deus, nosso Criador.

Minha aproximação com a Sara me fez conversar com a Lúcia, minha melhor amiga, sobre a ideia de criarmos um grupo e ela achou ótimo. Pena que não conseguimos tocar a parada por causa da falta de definição dos objetivos.

Todo grupo precisa de objetivos.

Voltando às Cristais, sempre que algo acontecia na escola, lá estavam elas, com a mesma euforia, roupas planejadas, às vezes até faziam camisas iguais e se apresentavam.

No dia das mães, a escola nos pediu para formarmos uma espécie de corredor humano onde todas as mães passariam em direção à quadra, para receberem nossas homenagens.

No início da fila, lá estavam elas, com roupas transadas e uma alegria que as tornava diferentes. Admito.
Nas aulas de teatro, o professor separava os grupinhos, mas isto as irritava e elas não gostavam de se misturar com os outros alunos da turma.

O bom mesmo é termos amigos sempre por perto; poder dividir nossas ideias e ter parceiros para as aventuras.

Sendo ou não uma Cristal, gosto mesmo é de estar com meus amigos e compartilhar os melhores momentos e pensamentos.

Miga Miga

Às vezes, a turma toda esperava a opinião delas, para só depois decidir o que fazer.

? ? ?

Sei que com as ideias legais que elas sempre têm, nada é estranho, pelo contrário, tudo parece florescer, as cabeças delas são abertas para as novidades.

Uma boa ideia

Eu não entendo muito bem tanto poder. Espero conseguir reunir amigos para formar nosso próprio grupo e nosso principal lema será: Todos são bem-vindos!
Sim ao amor, sem excluídos!

Sejam bem-vindos!

IV

A Dança

Uma paixão!

Na escola, sempre fiz várias atividades, mas os esportes e o teatro eram rotina.

Certo dia, entrou na sala a professora de dança convidando para uma aula inaugural onde teríamos contato com a dança.

Meu corpo já se mexeu na cadeira e me deu aquela vontade de participar.

Assim que eu cheguei em casa, conversei com minha mãe e ela, toda animada, me incentivou a tentar.

Será que vou conseguir dançar? E se alguém rir da minha total falta de jeito?

Se é pra fazer coisas novas, aqui vou eu!

Entrei um pouco sem graça na sala e assim que me vi refletida naqueles espelhos, comecei a me observar. Outros alunos nem se importavam com eles, apenas os usavam para corrigir as posturas.

Se é pra dançar, vamos juntos!

Era uma turma animada. Meninos e meninas alegres e cheios de energia rodopiavam, sorriam, caíam, usavam a ponta dos pés e se equilibravam maravilhados com suas conquistas.

A professora me deu as boas-vindas e me ensinou a alongar. Fui me deixando levar e era uma sensação de liberdade que invadia meu corpo.

SALA DOS ESPELHOS

Não imaginava que numa simples aula de dança eu iria encontrar solidariedade e gentileza. Uma emoção foi subindo pelo meu corpo e tomando conta de mim.

RESPEITO

ALEGRIA

AMIZADE

SOLIDARIEDADE

GENTILEZA

Procurei estes sentimentos em vários lugares, até no grupo das Cristais, mas estavam ali, tão próximos de mim, entre jovens sem preconceito que tinham união e amor entre si.

Aquela primeira aula foi tão diferente de tudo que eu tinha visto que me abriu os olhos do coração.

Voltei feliz para casa e conversei com a Carla, minha irmã.

Naquela noite, descobri um pouco mais de mim.

Ter liberdade não é apenas poder falar e fazer tudo o que queremos. Pode ser apenas um sentimento legal que deixa em nós uma coisa boa, um prazer.

Olhei pela janela do meu quarto e falei com Deus:

"Pai do céu, meu amigo, eu ainda sou uma menina, mas hoje me senti tão independente! Se for bom para mim, me ajuda a conseguir ficar nas aulas de dança, pois acho que vou ser mais feliz. Cuida de mim e da minha família".

Naquela noite eu sonhei e no meu sonho eu estava no palco do teatro, dançando, linda, feliz...

Depois daqueles dias, me dediquei de corpo e alma aos ensaios de dança e fiz muitos amigos.

Eu sou a menor aluna do grupo, em idade e tamanho, mas me sinto parte dele. Somos uma família!

Minha Segunda família.

Muitas amigas preferem jogar e passam muito tempo no celular e no computador montando, criando espaços e se encontrando com outros amigos no mundo virtual.

Eu prefiro o contato corpo a corpo, tocar, abraçar, olhar no olho, segurar na mão e beijar.

Na escola falamos em independência e liberdade. Cada um dos meus amigos acha que a liberdade está em uma situação diferente. A professora fala que a liberdade está ligada à responsabilidade e meus pais dizem que ter liberdade é conquistar a confiança dos que convivem conosco.

Qual destas liberdades você quer para sua vida?

- [X] Liberdade = Responsabilidade
- [X] Liberdade = Confiança
- [X] Liberdade = Dormir tarde
- [X] Liberdade = Jogar sempre
- [X] Liberdade = Dançar
- [X] Liberdade = Dormir muito

Espera! Para tudo! Se você quer um pouquinho de cada uma delas, vai ter que ralar bastante. Se fosse fácil como marcar X, todo jovem teria sua liberdade.

Vou buscar a minha, respeitando meus amigos e minha família. Jesus nos deu algumas tarefas para fazermos e o respeito é uma delas. Sem tentarmos agir como Ele nos ensinou, esse papo de liberdade não vai rolar. Ficaremos sempre nos sentindo presos por não termos feito alguma coisa que deveríamos. E cá pra nós, acho que estas situações acontecem pra gente parar e pensar.

Pense, aja e se liberte!

Nas aulas de dança, descobri outra ação importante para a gente chegar onde quer na vida: Disciplina.

Ter disciplina é ainda mais trabalhoso do que ter liberdade.

Sabe aquela preguicinha? Pois é, não pode ter. Temos que treinar, errar, repetir e refazer, até chegarmos ao passo perfeito.

Manual de disciplina

Conversei com meus pais sobre como é difícil a disciplina e entendi que na nossa vida a disciplina é regra.

Como na dança, ter disciplina na escola, em casa, na vida com os amigos é muito importante e só com ela conseguiremos crescer como pessoas de bem.

? Tudo isto é muito chato!! Será? ?

Chato é ver que Jesus nos ensinou tanta coisa boa e legal, mas nós ainda não sabemos fazer a lição que ele nos deixou.

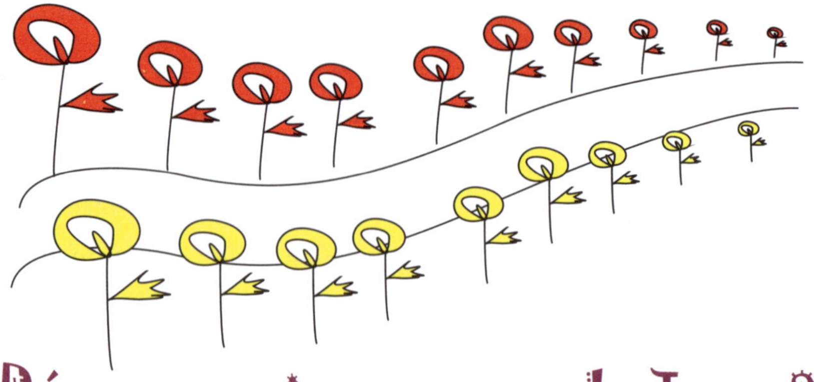

Dá pra seguir os passos de Jesus?

Cada um faz o que gosta.

Pode ser que funcione assim:

Eu faço a lição de casa e da dança.

Você faz a lição da escola e do esporte que escolheu.

Ele faz a lição do conservatório e dos estudos.

Mamãe faz a lição do trabalho e de casa.

Meu pai, faz a lição de casa, dos cachorros e da empresa.

Minha irmã faz a lição do vestibular.

O chato é que a gente não faz, também, as outras lições: do respeito, amor, alegria, gratidão, perdão e da paz.

Às vezes a cabeça dá um nó e tudo fica confuso!

Para os que acham que dançar é só dançar, fica aqui meu desabafo:

Dançar é amar, sorrir, respeitar, disciplinar, ser livre e é também viver!

Desejo que cada jovem possa descobrir como dançar na vida, com o que gosta de fazer e seguindo as lições que cada uma delas nos traz.

Fui!!

V

Anotações

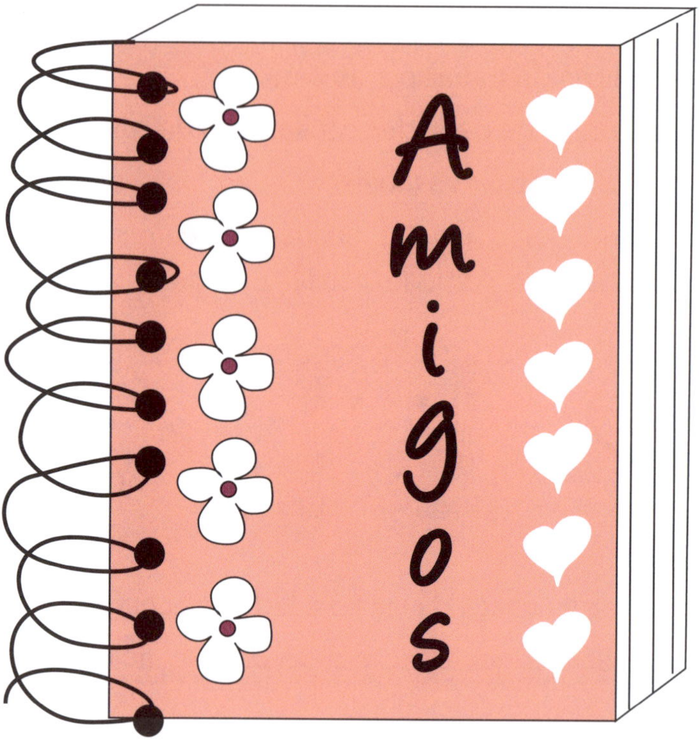

Desafio:

Como tudo pode ter um desenho legal, vamos registrar aqui nossas melhores ideias e momentos. Com texto e desenho.

Meu maior sonho

O meu maior sonho de todos é ir para DISNEY!!!! ♡♡♡♡

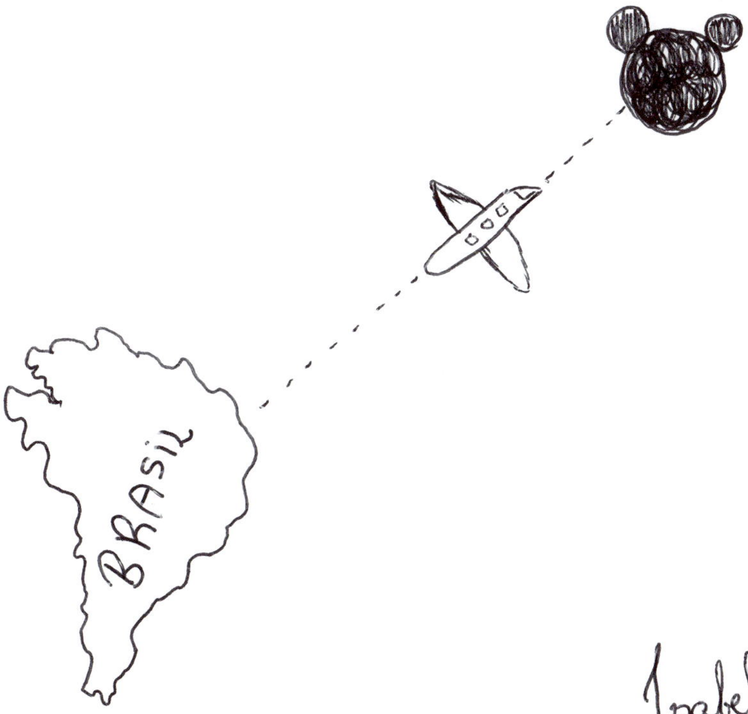

Isabela

O aniversário

Ter uma festa linda de 15 anos,
com muitos convidados!!

A viagem

A escola

Os jogos

Os livros

As férias

VI

O Teatro

Abram as cortinas,
acendam as luzes e soltem o som,
o espetáculo vai começar!

Todo ano, o professor de teatro nos reunia para o ensaio de uma peça. Distraída pelos corredores da escola, eu nem lembrava que naquele dia teríamos reunião na sala de teatro.

Desligada, me assustei com vários amigos correndo e se acotovelando pelo corredor, não entendi o porquê daquilo.

De repente, senti uma mão segurar o meu braço e me puxar. Eu nem consegui reagir, apenas olhei pro lado e vi a Lúcia, ofegante, me arrastando pelo corredor.

O que está havendo, Lúcia? Para que tanta pressa?

Antes de ouvir a resposta dela, vi que paramos em frente à sala de teatro. Pronto! Adivinhei o motivo daquela afobação!

Entramos e lá estavam vários jovens e amigos, ansiosos e aguardando a fala do nosso professor.

Todos os anos, eu participava do cenário da peça. Em um ano fui árvore, no outro, um gatinho e até passarinho eu já tinha me esforçado para ser. Tarefas difíceis para uma garota como eu!

Geralmente, os atores principais eram sempre aqueles que se expressavam melhor, eram descontraídos e sem vergonha.

Eu, quieta no meu canto, não conseguia me impor a nenhum papel mais expressivo e ficava ao lado dos que sentiam um alívio em não terem que decorar falas.

Quando me virei e falei para a Lúcia que não participaria naquele ano, ela me olhou com olhos arregalados de espanto e depois baixou a cabeça com ares de tristeza.

Diante daquela reação, o meu amor por ela falou mais alto e eu me rendi às vontades dela e me calei. Faria a participação por mais um ano.

A agitação era enorme. Todos queriam saber quais os seus papeis e o professor teve muito trabalho para acalmar os ânimos agitados e poder falar.

Ele começou falando da importância do nosso grupo e o que ele representava, além disso, destacou a união de várias turmas ali representadas.

Olhei para a Lúcia e, com muita surpresa, quando o professor começou a divulgar os papeis o meu nome estava em um deles, fazendo parte de uma banda.

Asas do Rock

Pensei em pular na Lúcia, mas não adiantaria pois ela já tinha combinado tudo com o professor.

Sem poder argumentar, pensei:

"Uma banda, que legal! Serei a vocalista e vou usar um cabelo lilás, além de botas da hora e braceletes reluzentes."

Viajei em outras produções: usaria batom escuro... bem, acho que meus pais não vão me reconhecer neste papel "anormal".

Não ficarei nem um pouquinho parecida comigo, mas não sou careta e vou encarar numa boa.

Lúcia gritou novamente, tentando me tirar daquela explosão de ideias malucas que passavam pela minha cabeça.

Há bem pouco tempo, eu nem queria participar e estar ali, mas agora me via toda empolgada.

Feliz, ela dava pulinhos de alegria e falava sem parar, coisas que eu nem entendia.

Despertei do meu transe e aceitei ser a vocalista da banda.

Num impulso, achei que aquela mudança de cenário seria bom para mim.

Cinco amigos, cinco cabeças, cinco ideias e um palco para conquistarmos. Irado!

Paty

Juju

Lúcia

Naldinho

Biel

Asas do Rock

Empolgação total!

Quem mais parecia gostar daqueles momentos eram os pais, que ficavam torcendo, fazendo fotos, filmando e para mim, ver os meus pais sentados me assistindo e felizes, já era muito bom!

O professor pediu que cada grupo se reunisse, separadamente, para só depois mostrar para ele as decisões tomadas em relação ao figurino, estilo, músicas.

Aquela ficou sendo a melhor aula de teatro, mas faltava a decisão sobre muita coisa.

Luz, energia, ação!

Figurino ______________________________

____

Estilo ______________________________

____

Músicas ______________________________

____

Ao voltar da escola, entrei em casa falando para minha mãe sobre todas as novidades. Ela sorria, como sempre, em ver minha animação.

Acho que as mães têm um HD, como computador tem que grava tudo da nossa vida, até as conversas e o que dissemos uma à outra. Sem que ela abrisse a boca, eu sabia que ela estava lembrando do dia em que eu falei que teatro era coisa para criança e que não participaria mais da peça.

Ser criança ou jovem, esta é uma grande questão.

Acho que é permitido mudarmos de ideia, só não podemos fazer isto quando nossa atitude vai deixar alguém triste.

Sem me deixar ainda mais transparente, ela disse que estaria na primeira fila do teatro para me assistir. Aquela era a cara dela, sempre me incentivando. Muitas vezes ficava contando tudo que fazia quando era estudante e eu me deixava empolgar com as aventuras dela.

Pedi ajuda com o figurino e ela prontamente começou a me dar várias ideias, mas eram meio antigas aquelas roupas que ela sugeriu e eu queria algo mais "moderninho". Pela reação dela, eu não teria muita chance de opinar.

A mãe da Lúcia era muito quieta. Assim, minha mãe assumia as minhas coisas e as coisas dela.

Eu amava ficar na casa da Lúcia. Ela tinha sete irmãos. A família tinha vindo do interior e morava próxima a nós.

Acho que enlouqueceria com tantos irmãos dentro de casa.

Eu não saberia nem onde parar para estudar ou descansar.

Minha irmã mais velha já pegava no meu pé, imaginem se eu tivesse mais de uma... ou sete!

Eu já estava acostumada com minha mãe ajudando em tudo, mas não gostava quando o que eu queria não combinava com as ideias dela.

Cheguei em casa e corri para o meu armário, fui tirando as roupas e tentando encontrar uma com a cara de vocalista de banda, mas fiquei frustrada. Nada servia.

Minhas roupas não combinavam com uma vocalista, mas eu queria tentar decidir sozinha. Minha mãe entrou no quarto e viu a bagunça, mas entendeu minha vontade e disse que aguardaria minhas ordens, caso eu precisasse de ajuda.

Minha mãe é sempre o máximo!

Mãe é amor e amizade

Nunca foi fácil escolher minhas roupas. Como amo brigadeiro, todas estavam um pouco apertadas, mas gosto de como me visto. Só algumas peças não ficavam muito bem e isto me fazia demorar bastante para escolher.

Com que roupa eu vou?

Após um tira e bota sem fim, cheguei a um look legal, mas meu quarto ficou irreconhecível.

Naquelas horas, a ideia de ter "Padrinhos Mágicos" era forte. Toda vez que eu resolvia brincar, terminava daquele jeito e a preguiça tomava conta de mim. A ideia de só fazer um pedido para tudo voltar para o lugar era da hora.

Naquele dia maravilhoso fui dormir feliz...

VII

O Passeio

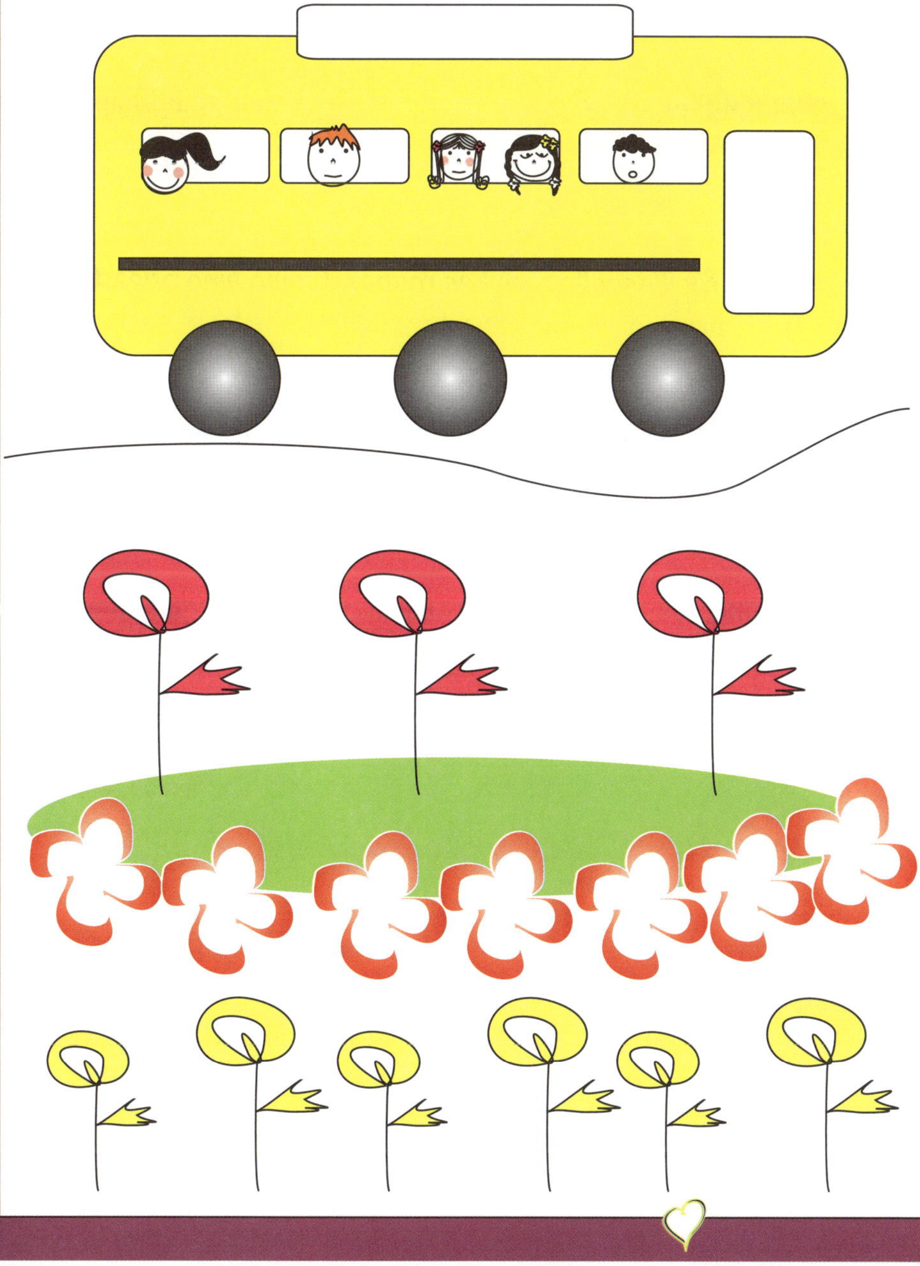

Duas vezes no ano, a escola reunia os alunos das turmas para uma aula de campo, fora da escola. Para nós, era só alegria!

O mais maneiro foi a ida ao Jardim Botânico. Lá eles nos dividiam em 3 grupos e cada um deles visitava uma área e depois, todos juntos, trocavam as experiências.

O contato com a natureza deixava todos de boa.

Pensando bem, nem todos, pois alguns queriam mesmo era acesso a senha do wifi para poder se isolar e ficar jogando.

Cada um montava seu kit com as melhores delícias que encontrava em casa e na hora do lanche tudo parecia um sonho bem docinho.

docinho

chocolate

torta de chocolate

pipoca

frutas

Claro que a coordenação mandava um recadinho para os pais alertando para os benefícios de um lanche saudável.

O problema era todo nosso!

No dia anterior ao passeio, sentamos e fizemos uma lista de guloseimas para cada um levar. As frutas estavam na lista, mas eram minoria.

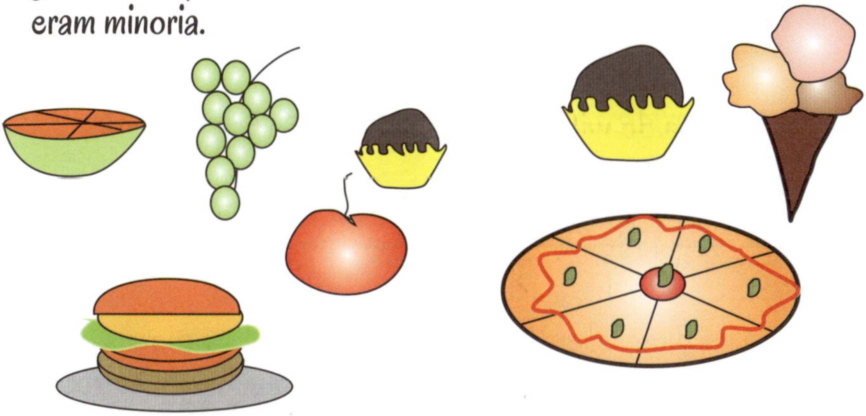

Tudo era muito estudado por nós. Nada poderia dar errado para melar nossa "aventura na floresta".

Curtindo com a nossa cara, as Cristais se achavam acima das alegrias e brincadeiras de qualquer jovem que ama a natureza, que conhece a Criação Divina e tem o prazer de conhecer, tocar e curtir tudo isso.

Penso que a vida bem podia ser como um jardim encantado...

Os canteiros seriam nossas casinhas. As flores, cada um de nós. Coloridas, alegres, grandes ou pequenas, diferentes como são os seres humanos. Os insetos, nossos animais de estimação. Nos vários canteiros que já vi, em toda minha vida, eu acho que seriam como os planetas, cada um com a vida que Deus criou para ele.

Eu seria um girassol em busca da luz do nosso astro rei a cada minuto. Gosto do amarelo. Parece brilhar como uma estrela e acho que nos faz lembrar da luz que é Jesus em nossas vidas.

O ônibus já estava lotado quando cheguei à escola e a algazarra era grande. Nosso professor de educação física foi intimado a ser nosso animador oficial. Ele tinha um montão de ideias legais e divertidas e sempre nos fazia rir muito.

O caminho não era muito longo, mas tivemos tempo de sobra para tirar onda uns dos outros por causa das roupas e comidinhas que cada um levava.

A professora, em especial, parecia muito feliz. Não era de sorrir muito, mas naquela manhã, ela era a cara da felicidade!

Será que a professora Alba era mais feliz longe dos livros?

Falei baixinho para a Lúcia, mas mesmo assim, outros amigos ouviram e caíram na gargalhada.

Quando o ônibus parou, nem acreditamos que já estávamos no nosso destino final. Foi tão divertido que não percebemos o tempo passar, mas a aventura, a maior das aventuras, estava apenas começando...

O ônibus parou e rapidinho todos correram para a entrada do Jardim Botânico. Enquanto os professores organizavam as filas de acesso, eu, Lúcia, Biel, Juju e Naldinho buscamos um jeitinho de ficarmos juntos.

A professora Alba separou três placas, distribuiu entre os monitores e começou a formar os grupos.

Nosso plano não deu nada certo e ficamos todos separados.

Pelo menos, eu fiquei no grupo das plantas aquáticas e meu monitor foi o professor de educação física.

Aventura é o que interessa, o resto não tem pressa!

Saímos em fila indiana e ele começou a nos guiar através de uma trilha que servia de atalho para o local onde seria nosso trabalho de pesquisa.

Sapos, lagartos, pássaros, borboletas coloridas, canteiros cheios de flores e, de repente, um grito:

Socorro, corram!

Foi uma correria geral. Eu gritava enquanto todas as meninas pulavam e chamavam pelo professor.

Os monitores pediam calma e tentavam reunir o grupo, mas alguns tinham voltado, outros entraram no mato e só uns poucos, mais calmos, estavam próximos a eles.

Ouvi uma gargalhada e me virei para ver melhor o grupo que tinha entrado na mata. Por trás de algumas árvores estavam quatro garotos numa euforia achando graça da situação.

O que eles estavam vendo de tão engraçado?

Puxei a camisa do professor que já estava com a maioria dos alunos controlados e calmos e apontei para os garotos.

Tudo tinha sido apenas uma brincadeira planejada por eles e que nos rendeu um 'stop', seguido de bate-papo sobre os riscos de brincadeiras como aquelas.

Brincadeiras perigosas? NÃO!

Na boa! Não foi legal prejudicar nosso grupo e colocar todos em perigo. Algumas vezes pisamos feio na bola e até machucamos, sem querer, nossos amigos.

Fica a dica!

Para a vida ser divertida, precisamos de atitudes como as que eles tomaram? Esta foi a dúvida que ficou passeando na minha cabeça. O que você acha, meu amigo?

Se eu tô de boa, me divertindo, aprendendo, com amigos e professores, não preciso de mais nada!

O resto do passeio foi cheio de diversão e aprendizado, mas a hora do lanche superou tudo.

Fiquei também com a lembrança da espécie que eu mais gostei e vou desenhá-la aqui para você guardá-la em suas páginas.

Minha planta predileta:

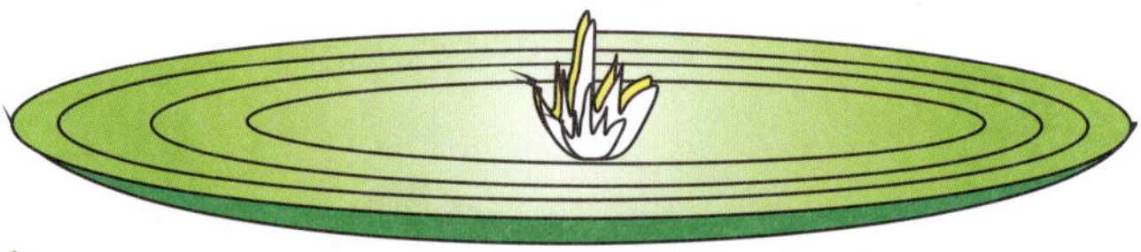

Viva a natureza! *Cuide da natureza!*

Respeite a natureza!

Vitória-régia: Planta aquática, típica da região amazônica. Possui uma grande folha em forma de círculo que fica sobre a superfície da água e pode chegar a 2,5metros de diâmetro e suportar até 40 quilos (Wikipédia)

Moral da história:

Antes de fazer qualquer coisa, pense nas consequências das suas atitudes. Viver só brincando não é bom. Tem hora de brincar, hora de aprender, hora de comer e hora para fazer o que quiser sem machucar ninguém.

VIII

Noite do Pijama

Diversão é coisa séria.

O sábado mais esperado chegou: Noite do pijama.

Qual a melhor parte das noites do pijama?

Nota

- Contação de histórias ( )
- Oficina de cupcake ( )
- Jogar bola ( )
- Brincar de casinha ( )
- Hora do terror ( )
- Hora dos games ( )
- Hora do lanche ( )
- Hora do banho ( )
- Hora da prece ( )

Para mim, dormir nas cabanas, no chão, fazer da noite uma troca de ideias e brincar... brincar... brincar sempre!

Sei que não dá pra fazer isto toda noite e se desse, não seria tão bom. Acabaria a espera daquele dia especial.

O último a dormir já deitava todo largado. Morto de cansaço por ter ficado esperando os outros dormirem para ganhar o prêmio de resistência.

Você já participou de uma noite assim?

☐ Sim ☐ Não

A Lúcia sofria, pois os outros irmãos dela sempre queriam ir também. Era um sofrimento dar desculpas a todos eles.

Em algumas noites do pijama tinham meninos e meninas que sempre dormiam em locais separados e eu imaginava o porquê.

As meninas podiam trocar de roupa juntas, mas os meninos tinham que estar longe.

Alguns meninos falavam em namoro, mas o papo cabeça era não dizer nada sobre isto para as meninas.

Em muitas coisas o gosto pela diversão era igual, mas nem todos tinham os mesmos objetivos.

Nossos pais tinham medo de nos deixar sozinhos e era bem mais trabalhoso cuidar de dois grupos do que de um.

Eu gostava de trocar ideias entre meninos e meninas, todos com cabeças diferentes; só meninas, o papo era sempre sobre as mesmas coisas. Os meninos gostavam de nos amedrontar com as histórias de terror que davam muuuuiiito medo.

O principal assunto daquela noite era o uso ou não das redes sociais por nós.

Tinha muita opinião diferente. E Biel já estava irritado com tanta 'babaquice' (era o que ele achava).

Para ele, computador, tablet e celular só serviam para jogos e coisas do tipo, não curtia as 'chatices' das redes sociais.

Os adultos postam tudo nas redes e uns sabem mais da vida do outro do que a própria família.

A discussão estava muito boa, mas tinha chegado a Hora do Terror e era exatamente fora de lá que eu queria estar.

Terror não está com nada!

Quando a pior Hora ia começar, a Lúcia levantou-se, pegou sua mochila e perguntou qual o segredo que tinha nela.

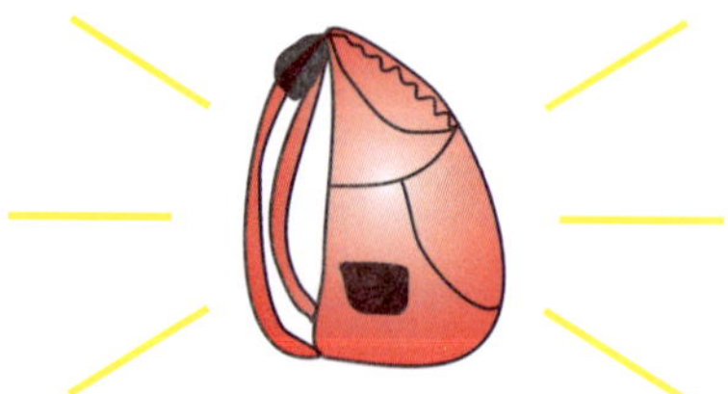

UFA!! Escapei!

Na mesma hora, os que queriam aterrorizar esqueceram e todos se voltaram para o segredo da mochila da Lúcia.

Ela disse que daria em dobro a quem adivinhasse o conteúdo delicioso que estava escondido para uma hora especial.

Bolo

Docinhos

Pipoca

As horas especiais são aquelas onde não temos muito o que fazer, sejam elas tristes ou alegres, temos que encarar.

Pode ser uma tarefa para uma SuperGirl.

Coragem

Força

Bom ânimo

Amor

Vai na fé, vai com Deus!

Correr ou se fazer de forte? Gritar ou encarar uma noite de pesadelos? Chorar ou pedir ajuda? Ficar muito tempo com raiva, chateado ou abraçar o amigo que nos feriu? Revidar a uma agressão ou deixar pra lá e perdoar?

Lúcia tirou uma caixinha cheia de doces que sua mãe tinha feito especialmente para nós. Os melhores doces que já comi em toda minha vida!

Todos atacaram aquelas delícias e nem lembravam mais das ideias assustadoras de minutos atrás.

Assim são os jovens: esquecem rapidinho o que acontece e a atitude melhor é seguir em frente. Não guardamos por muito tempo uma coisa, queremos outras, saber mais, pois ficar em um só lugar, parado, não combina com nossa energia.

Acredite em você, corra em busca dos seus sonhos!

Posso ir de bicicleta?

Chegou a Hora da prece. Alguns queriam fazer e outros nem se preocuparam com isto. Como todos somos livres, fechei os meus olhos e aguardei a Juju começar a prece.

Entramos em um acordo e quem não quisesse participar da prece tinha pelo menos que ficar calado, quieto, em respeito aos outros.

Feche os olhos e converse com Deus.

Lembrei de coisas boas e segui a Juju em pensamento...

Um dia maravilhoso, tudo perfeito e não temos um tempinho para agradecer. Sou careta? Jovem não conversa com Deus?

Tempo livre, cada um podia fazer o que quisesse. Naldinho pegou a flauta doce e começou a tocar. Algumas músicas a gente já sabia e cantamos juntos.

Aos poucos, cada um foi se ajeitando e cochilando...

Quem queria concorrer a ser o último a dormir para poder ganhar o brinde que seria dado a quem mais resistisse ao sono, voltou a conversar tentando não dormir.

A porta se abriu e as tias chegaram devagarinho para ficar ao nosso lado, durante a noite.

Fechei os olhos e pensei na minha família. Este foi o melhor pensamento daquele dia.

Boa noite!

Jovens e crianças têm protetores especiais que Deus manda como um presente para nos cuidar e nos ajudar a crescer...

IX

Tristeza

Nunca estamos sozinhos...

Era um Domingo triste. Fomos ao hospital onde meu vovô estava internado. O lugar tinha um cheiro ruim e eu só via pessoas com olhares tristes, chorando e outras correndo pelos corredores.

O horário de visitas estava próximo e a sala de espera cheia de gente aguardando a liberação da entrada.

Silêncio e oração...

Olhei para minha mãe, o tempo todo com a cabeça baixa, não sei se fazia uma prece. Sem querer assustá-la, segurei sua mão e a beijei com carinho. Ela levantou os olhos e me olhou.

Senti um carinho triste.

As pessoas que amamos não deveriam ficar tristes.

Eu não sabia direito o que dizer ou fazer e fiquei lembrando das brincadeiras do meu vô e do seu sorriso alegre. Senti que era melhor eu pensar nas coisas boas e busquei mais coisas para lembrar. Depois de um tempo, quem olhasse para mim, me veria sorrindo e eu achei melhor ficar com aqueles pensamentos que eram mais alegres do que tristes.

O enfermeiro liberou a entrada e devagar, todos seguiram para encontrar as pessoas queridas que estavam naquele hospital, feio e triste.

Fiquei com minha irmã e mamãe seguiu; ao lado dela, meu pai a abraçava para dar uma força.

Após algum tempo, alguns começaram a sair e eu voltei a observar os rostos. Muitos sorriam enquanto outros continuavam com uma tristeza que dava pena.

Não me senti bem vendo aquilo e não queria estar por muito tempo naquele lugar para não ficar desanimada também.

Pedi a Deus uma caixinha onde eu pudesse guardar tudo de ruim que eu estava vendo...

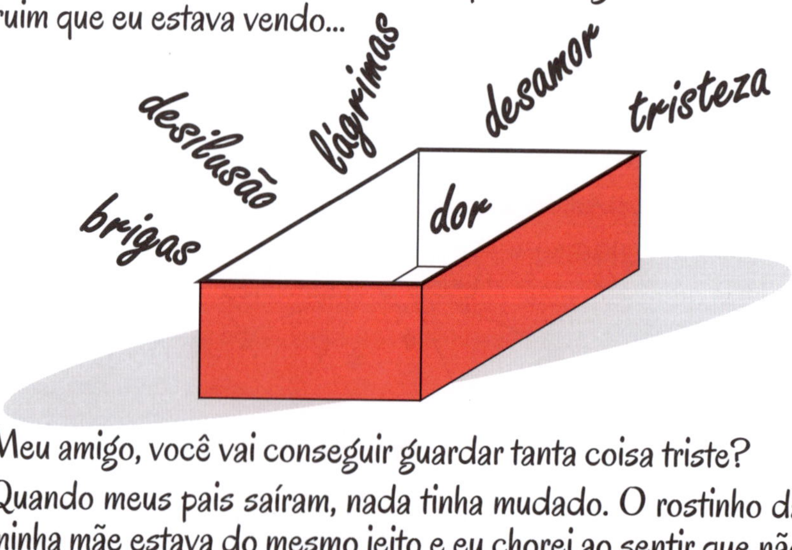

Meu amigo, você vai conseguir guardar tanta coisa triste?

Quando meus pais saíram, nada tinha mudado. O rostinho da minha mãe estava do mesmo jeito e eu chorei ao sentir que não podia tirar aquela tristeza do coração dela.

A alegria, a voz animada, a pressa em fazer tudo não estavam mais com ela. Será que ela perdeu as forças?

O amor faz isto... éramos quatro corações tristes pela dor da minha mãe.

Não importa qual e como é nossa família, o mais legal de tudo é sentir que temos com quem contar quando a barra ficar bem pesada e não sabermos como agir.

Existe uma força que nos une.

Juntos temos mais força e as lágrimas são divididas, assim o choro não demora muito perto da gente e vai embora logo.

Mãe e pai não podem perder as forças!

Se a família está junta e unida, tudo de ruim fica pequeno, tão pequeno que a dor passa mais rápido, como se estivesse com pressa. Qualquer grande problema, sem amor, fica bem gigante; se houver o amor unindo nossas mãos, ele nos fará fortes para vencermos toda batalha.

Minha irmã percebeu que nossa mãe precisava de carinho. Filha também pode dar colo para mãe; não existe uma regra para isto. Dá quem tem carinho, amor e ternura; recebe quem não está com o coração fechado.

Ame e seja feliz!

Algumas amigas vivem com raiva. O tempo todo reclamando. Se está sol, faz calor; se está chovendo, o frio é chato.

Será que na vida delas não existe família e nem amor ou elas são assim porque não sabem sentir gratidão? Se você sempre reclama, algo está errado... com você.

As coisas ruins que a gente vive nos deixam sem alegria de viver; a vida é melhor com sorrisos, abraços e amor.

Uma amizade precisa de ações que façam bem para nossa vida. Viver ao lado de quem fica mentindo, zoando, fugindo das responsabilidades, brigando por tudo é o mesmo que dizer NÃO para a vida.

Deus me criou para ser feliz!

Se a gente vê apenas o que não é bom, temos que olhar pro outro lado. Quando conheço jovens que só me convidam para o lado dos que fazem coisas erradas, tento me afastar deles.

Olhe para o bem.

Eu decido para onde quero olhar. Se eu procurar o que tenho na minha vida que não é legal, eu vou achar e tudo vai ficar chato. Se eu ficar fazendo isto o tempo todo, até eu, serei uma chata; melhor procurar o que a vida tem de bom e o que me deixa feliz.

Eu não fico sempre pensando sobre estas coisas. Só quando a tristeza ou a dor que sinto me fazem esquecer o que tenho de bom.

Mas se eu pensar que...

Me isolar do mundo, das pessoas, da escola, dos amigos, vai me levar para o fundo do poço, eu mudo. Conheço pessoas que fizeram isto e terminaram doentes.

Durante aquela semana, o clima lá de casa não dava espaço para alegria. Minha mãe parecia se arrastar, não querer viver. Olhando para ela, era como se a vida tivesse parado sem avisar. Naquele momento, ela queria que o tempo voltasse atrás...

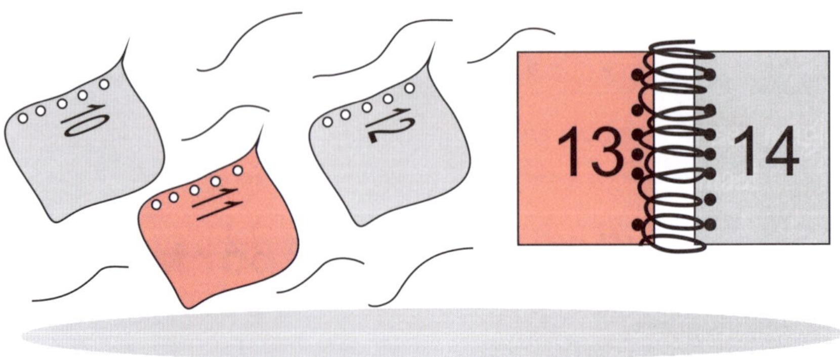

As suas folhas, diário amigo, estão cada dia mais rabiscadas e eu nem tinha notado que o tempo passava tão rápido. O tempo nos ensina algo? Como será que ele fala?

O tempo ensina paciência e sabedoria.

Meu vô é muito sábio e ele já viveu bastante tempo. Também é muuiiito paciente. Ele disse que o tempo o ensinou a andar mais devagar para não deixar de ver as belezas da vida.

Se isto é verdade, por que as pessoas correm tanto?

Ande devagar!

Eu perguntei como ele sabia tanta coisa e tinha resposta para tudo e ele me disse que a culpa era do tempo. Este tempo é muito especial mesmo!

Um dia, naquela mesma semana, meu pai nos avisou que o vô tinha morrido. Tristeza geral!

Vida... Tempo... Morte...

Vendo todas nós muito tristes, ele disse que esperava de nós um agradecimento ao vô e a Deus pelo TEMPO que tivemos em comunhão com ele, pelo que aprendemos, por tudo o que ele nos mostrou de belo.

Somos estrelas iluminando a vida. Não importa onde mas que brilhe a nossa luz!

O vovô ficará guardadinho em um lugar especial, no meu coração. Deus tem amigos que vão cuidar bem dele...

Deus cuida de você e de mim...

X

Meu Pet

Tudo é belo no mundo que Deus criou para nós!

Outra vez o tempo...

Os dias foram passando e nossa vida começou a andar no mesmo ritmo de antes. Olhando bem, faltava algo. Um gosto de saudade passou a conviver conosco.

Na Páscoa, meus pais nunca davam ovos de chocolate para nós, apenas meu vô fazia isto. Todo ano, minha mãe abria um cofrinho para cada uma e toda moeda da casa a gente juntava nos cofrinhos.

Podíamos pegar nossos cofrinhos e comprar os ovos de chocolate, pois a decisão era nossa. Saímos em busca dos ovos mais gostosos e paramos em frente a um pet shop. Uma enorme e linda surpresa nos deixou apaixonadas. Um cachorrinho.

Com pulos e cambalhotas ele nos conquistou!

Pluto foi nosso presente de Páscoa.

Nada se comparava à alegria de ver aquele cachorrinho, tão pretinho, pulando e lambendo nossa mão. O segurei no colo e ele se aninhou em meus braços.

Alguém falou em comprar ovos de chocolate? Não sei!

Eu queria mesmo era brincar e dar muito carinho para ele, o menor cachorro que eu já tinha visto.

Voltamos para casa e a alegria do Pluto contagiou também a minha mãe. Ela não queria cachorros em casa, mas quando Pluto correu e começou a lamber seus pés, sentiu cócegas e ela riu muito.

Sentamos no chão e ficamos brincando com ele por muito tempo.

Pesquisamos tudo sobre ele: a raça dele, aprendemos todos os cuidados para uma vida saudável, vacinas, banhos e comida. Nossa casa tinha muitos brinquedos e um caminhão velho, daqueles que brincamos de fazer castelos de areia na praia; me deu uma ideia genial.

Eu cuidando de outra vida...

Todos somos parte da criação de Deus: o lagarto, o coelho, a cabra, o macaco, a formiga, a baleia, o leão. Muitos dos animais estão em extinção e a professora Alba nos falou que a causa maior é a ação do homem.

Precisamos salvar nosso planeta!

Queimadas, desmatamentos, lixo não reciclado e tantas outras ações do homem, sem nenhum cuidado com as muitas formas de vida.

Nossos animais e plantas dependem da inteligência de cada um de nós em não usar o planeta como se quer, sem o cuidado de preservar e sem consciência ambiental.

Biodiversidade

Biomas Reciclagem Preservação

Com o tempo, o medo de cachorro sumiu e Pluto já fazia parte da nossa família. Bom dia e boa noite e ele balançava o rabinho todo feliz.

Os animais precisam de nós e nós aprendemos com eles a respeitar a vida e a criação de Deus.

Certo dia, meus pais estavam voltando para casa e encontraram duas garotas abandonando um cachorro na rua e ele quase foi atropelado. Então, eles decidiram adotá-lo.

Assim chegou o Pixote: branco e caramelo, brincalhão, muito esperto e feliz por ter se livrado do abandono.

Cuidar de outra vida, aprender a respeitar o jeito dele viver, sentir que de alguma forma eles também sentem e além de tudo nos dão muita alegria e carinho é tudo de bom.

Cuide da natureza! Ela agradece!

Já vi crianças que maltratam animais, chutam os gatinhos na rua, machucam sem nenhum motivo. Triste ver isto!

Amando a nossa vida muda.

Eu tenho um primo que nas férias sempre brincava conosco, na casa do vô e ele fazia muita coisa estranha com os animais que viviam por lá. Eu olhava e não achava graça nas brincadeiras sem limites dele.

Ter respeito pela natureza é olhar para tudo o que podemos ver e ter para a vida uma atitude diferente.

Não destruir, ferir ou deixar morrendo de fome e de sede.

Os jovens que querem fazer diferente devem levantar a bandeira da ecologia, saber mais sobre isto e como podem ajudar a construir um futuro bem diferente.

Pense, a hora é agora!

O que você está esperando para fazer a sua parte?

Somos parte do mesmo planeta, estamos nele e precisamos de todos os recursos que ele pode nos dar. Será que se ele nos tratasse como nós fazemos com ele, seria bom?

Claro que eu quero ver mais e mais baleias no oceano.

Claro que você, diário, é de papel reciclado.

Quero que nosso planeta, no futuro, seja melhor do que está hoje. Os animais e plantas são criações de Deus; eu e você também, não viemos do nada, pois Deus é a causa de tudo.

Os pets nos ajudam a amar, eles não se chateiam com nossa cara feia, perdoam nossa irritação, querem brincar a toda hora e mostram que sempre é possível estar feliz.

Se algum dia tiver a chance de fazer algo por eles, faça. Se tiver espaço e tempo para cuidar de um, adote. Existem muitos animais sofrendo em gaiolas, sozinhos e também várias ONGS que os retiram das ruas e os ajudam a encontrar um lar.

Abrace a natureza, cuide da vida!

Vamos escolher um Pet?

Qual você prefere?

Como vai cuidar dele?

Como escolheu?

Qual será o nome dele ou dela?

Ajude o mundo, ele precisa de você.

XI

Minha nota baixa

10... 9... 8... 7...

A semana de provas estava chegando e eu tinha tanta coisa, mais outras tantas coisas para estudar.

Se o dia fosse ainda mais longo, com 30 horas, eu ainda não conseguiria saber tudo. Minha mãe pegava no meu pé e dizia que, juntas, enfrentaríamos o monstro daquela semana.

O monstro só existia na minha cabeça, pois ela AMAVA estudar e me incentivava dia e noite a isto.

Estudar até que é maneiro, o ruim mesmo é ter que decorar tanta coisa. E a tabuada? Ufa! Não sei como eu consegui fazer tantas contas e até expressões numéricas.

Ciências Geografia

História

Matemática Português

Mesmo reclamando, eu seguia as orientações dela, da professora e sempre conseguia uma pontuação legal... passava.

Com um assunto foi diferente. A avaliação parecia um livro em outro idioma e eu lia e lia outra vez, mas a inspiração para responder não chegou. Pensei em você, amigo, bem que você podia me ajudar a pensar e resolver as questões.

Pensando bem, a gente não acerta todas, né?

Relaxei e entreguei a prova; antes, reli o que tinha conseguido responder e contei os pontos com muita esperança e achei que daria para atingir a média.

Quando cheguei ao pátio da escola, minhas amigas tentavam dizer as respostas das questões umas para as outras e fiquei ouvindo, sem me animar muito.

Rapidinho a brincadeira de esconde-esconde me fez esquecer todas as minhas preocupações.

Como é bom poder brincar!

Voltei para casa de cabeça baixa, com o coração apertado, eu não sabia o que dizer para a minha mãe e fui conversar com a minha irmã primeiro.

Ela me ouviu, sorriu e encarou meu problemão numa boa. A contar das vezes que eu tinha ouvido a nossa mãe dar broncas nela por conta de notas baixas, ela estava muito calma.

Calma, não é tão ruim assim!

Como não é tão ruim tirar notas baixas?

Pior do que tirar notas baixas é colar na prova para passar.

E ela disse isto como uma garota sábia. Eu não colei, mas se eu quisesse teria colado. Não fiz por medo e já aprendi que é errado. Enganar a quem quer que seja é errado!

Você colaria na prova?

Meu medo de decepcionar minha mãe era maior do que o de tirar nota baixa. E colar poderia me fazer pegar uma bela suspensão.

O medo é um freio...

Se mães e filhas são amigas, devem ser sinceras umas com as outras e eu decidi ser sincera com a minha. Contei sobre a prova e ela, muito carinhosa, me fez entender que o meu esforço em ter estudado valia muito e que em outra prova me ajudaria a entender as questões mais difíceis.

Sabedoria de mãe...

A escola nos ensina bem mais do que as matérias. Junto com os professores, coordenadores e amigos, aprendemos a crescer.

Não falo em tamanho, mas em confiança.

Toda criança e jovem tem direito a uma escola. A educação deve ser nossa principal meta. Parceiros com a família, os professores devem se preocupar em ensinar, em ser amigos, em passar as aulas com alegria e devem ficar felizes pelos alunos que conseguem aprender.

Professor, um amigo de verdade.

Vou colar aqui minha primeira nota baixa para que eu não esqueça nunca desta sensação chata que estou sentindo. Não sei se é vergonha de mim ou dos meus colegas, pode ser também da professora e com certeza dos meus pais.

Coragem *Fé*

Vamos deixar a vergonha de lado e mostrar que podemos fazer diferente.

Atitude *Estudo*

Mas sentir vergonha tem um lado bom, aquele que leva a gente a pensar melhor e daí tentar fazer diferente; infelizmente, às vezes, não aprendemos quando isso acontece. Bom seria se a gente nunca mais repetisse o erro que nos deixou envergonhados. Melhor tentar seguir adiante, sem errar mais...

Um novo tempo para despertar e crescer...

É de tempo que precisamos, mas um tempo renovado, cheio de esperança e força para fazermos do erro, um ensinamento para usarmos nossas armas juvenis em nome do nosso crescimento e do nosso aprendizado. Um dia, seremos luzes a brilhar no infinito do imenso amor que Deus tem por nós. Nossas dificuldades no caminho são parte desta trajetória em direção a Ele.

Paz e bom voo...

XII

Jogos Escolares

Hoje eu não estou bem. Minha cabeça só pensa na formação dos times para a semana dos jogos na escola.

No início do ano, elegemos dois representantes de turma e eu fiquei em terceiro lugar, mas um deles precisou viajar por causa de um evento com a família e passaria a semana inteira fora.

Sobrou para quem? Paty

Eu não poderia ter uma tarefa menos estressante? Logo com os jogos que eu não tenho cabeça para perder!

Preciso começar a trabalhar minha emoção, ou serei a culpada pelo vexame em quadra. Pensando bem, nada acontece se não tiver uma razão e eu sou a que mais se interessa pelos jogos, então... mãos à obra.

Vou começar logo montando uma equipe de apoio e cada um de nós vai ficar responsável por uma modalidade:

- Vôley
- Handebol
- Natação
- Basquete
- Futebol

Reconheço que não querer perder é um sentimento nem um pouco legal. Se existem vários times, todos têm a oportunidade de ganhar ou perder. Se eu não sei resolver dentro de mim, esta questão, não dá para entrar em quadra.

A vida nem sempre diz sim.

Quando estamos na frente, olho no olho, de algum NÃO, a ordem é calar, parar e pensar. Qualquer irritação ou revolta só vai levar a um sofrimento maior. Melhor esperar. Já recebemos o não e de nada vai adiantar chorar, gritar, querer sair de casa, partir para outra cidade, ir para a casa dos tios ou avós.

Mesmo assim, com medo e triste, a calma é a melhor amiga.

No jogo, cabeça fria, foco no time adversário, lutar até o tempo final e relaxar com o resultado. Quando fazemos o que podemos de melhor, o resultado é o que deve menos importar.

A torcida também ajuda muito e as ideias para a nossa estavam demais. Boné, ráfia, fitas coloridas, buzina e até uma faixa incentivando nossos atletas.

Aquela era a melhor época na escola. Todos muito agitados e a energia pelos corredores nos dava um estímulo a mais para participarmos. O espírito de equipe, a união de todos, juntos em busca de um único objetivo.

A taça é nossa, vamos ganhar!!

A gritaria tomava conta da quadra e ninguém ouvia nada. Nem o apito dos juízes dava para ouvir direito. E quando o placar estava negativo para nós, eu olhava para a taça e a visão dela me fazia jogar mais.

A adrenalina subia pelas pernas e chegava na cabeça, o nervosismo fazia a gente errar e a torcida contrária aproveitava e batia palmas das nossas faltas.

É verde, é campeão!!!

Eu coordenava as ações da torcida e fazia as acrobacias. Juntinho a mim estavam algumas Cristais e a Lúcia.

No último tempo, o time da outra série fez um gol e nossos garotos perderam a partida por 3x2.

PLACAR FINAL

3	2

Dois garotos saíram da quadra arrasados, então fui até eles e os animei. Um outro, quando foi falar, o Biel, encheu os olhos de lágrimas e não segurou a tristeza. Levantem! Vamos nos organizar para os próximos jogos, nada está perdido! Eu pensei em dizer estas palavras, mas minha garganta estava travada e vendo o Biel emocionado, só piorou minha situação.

Segure a tristeza, nada está perdido.

O time inteiro estava triste.

Como acho difícil me controlar em momentos assim, queria ser mais fria e nem ligar para tristezas e decepções. As alegrias são bem melhores, elas trazem euforia, dá vontade de pular, beijar e abraçar.

Beijocas!

Beijocas!

Quando a vida nos diz não?

NÃO NÃO NÃO NÃO NÃO

Quando perdemos o jogo

Quando tiramos nota baixa

Quando brigamos com o amigo

Quando alguém morre

Quando sou baixa e quero ser alta

Quando quero comer batata frita e não posso

Quando não me aceito como sou

Quando os pais se separam

Quando desejamos coisas difíceis

Quando não entendemos matemática

Quando perdemos a aula de dança

Quando chove no dia do passeio

Quando a bicicleta quebra

Quando a melhor série acaba

Quando gostamos de quem não gosta da gente

Quando esquecemos que Deus está em tudo e nos deixamos desanimar...

O que pode fazer uma garota muito triste dar um giro, pular e voltar a sorrir? Amar a vida e ser otimista.

Espera! Para tudo!

No fundo, o que importa é estar preparado para quando recebermos um NÃO da vida. Esperar que tudo seja como a gente quer e ainda que algo novo aconteça, sem fazermos nada de diferente, é maluco. Quando o que queremos der errado, devemos arriscar um lance novo, uma surpresa e procurarmos amar, mesmo quando o NÃO vier várias vezes e da mesma pessoa: a irmã que nos tira do sério, por exemplo.

Apesar das derrotas nos jogos, que para mim eram vários NÃOS que a vida estava me dando, no meio da semana, a classe tinha 2 medalhas de ouro e uma de bronze. O saldo estava positivo e a turma bastante animada. A turma com mais medalhas ganharia uma atividade especial e as opções eram três:

- Manhã na piscina ☐
- Pizza no lanche ☐
- Rodízio de sorvete ☐

Quero todas!

Faltavam duas finais e eu não ficava parada dez minutos, a não ser que eu estivesse comendo.

Meus pais foram assistir dois dos meus jogos e fiquei ainda mais nervosa. Olhava o tempo todo para eles, queria que me vissem na melhor jogada. Vê-los presentes na escola, torcendo por mim e pela minha turma foi e é muito maneiro!

Não sinto vergonha quando eles estão comigo, quero mais é mostrar que minha família participa da minha vida escolar, mas vejo que isto não acontece entre alguns dos meus amigos.

Acredito que os pais querem estar juntos de nós, nos assistir nos jogos, nas peças, nas danças e em tudo que o colégio promove, mas o trabalho deles, às vezes, impede. Eles se esforçam e vão aos eventos que podem e eu sei que se pudessem estariam sempre conosco.

Em algumas atividades, os meus também não conseguem, mas eles me explicam os motivos e eu não fico chateada.

É mico? SIM NÃO

Família que anda junto é mais feliz!

Ao final daquela semana MARAVILHOSA, eu estava completamente rouca e nem um pouco pronta para o dia da premiação quando minha turma não seria a vencedora geral das competições.

Não sei bem como, mas mesmo me preparando para não dar vexame na frente da turma, eu chorei, queria muito que a turma B fosse campeã. A coisa boa foi a união do grupo e a garra em competir e não desistir.

A união é nossa força!

XIII

O Segredo de Biel

Meu amiguinho! Hoje, eu estava louca para chegar em casa e lhe contar toda a fofoca que tomou conta da classe.

Blá... blá... blá... blá...

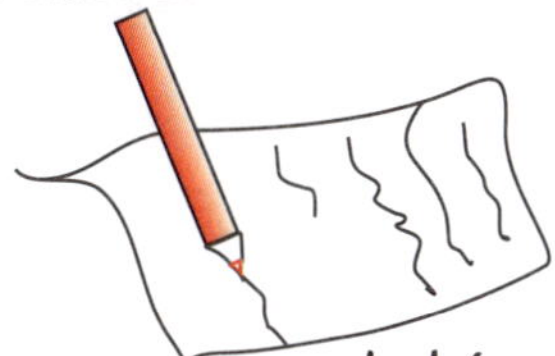

Você gosta de fofoca?

Se for comigo, eu não gosto, mas confesso que quando há um papo novo no colégio, quero saber de tudo.

Conversinhas aqui e ali sempre existiram e duvido que em outros colégios também não tenham.

A última da escola foi o segredo do nosso amigo Biel. Quando ele soube do que estavam falando, saiu dizendo a todo mundo que era mentira, mas ninguém acreditou.

Quanto mais ele negava, mais chamava a atenção da turma.

Não sei o que ele vai fazer, mas disse, só para nós, que vai falar com a coordenadora.

Minhas amigas não fariam isto comigo.

Fazer alguém sofrer não é uma parada legal!

O que eu sei é isto:

Biel confessou que gosta da Lúcia.

E daí, algum crime?

Fiquei espantada mesmo foi com a reação dela e até agora estou em dúvida se devo conversar com ela ou não.
Na hora, eu e ela estávamos na cantina e ouvimos muitos amigos apontando para nós sem sabermos o porquê. Ela o ouviu chamar e fez questão de ignorar. Ele ficou ainda pior.

Vergonha Raiva Tristeza

Acho que era mais uma vergonha da turma, do que raiva dele que parecia muito chateado. Eu a aconselhei a ir falar sozinha com ele, mas ela saiu correndo e foi para o banheiro.

Quero sumir!

Como eu ajudo minhas amigas em qualquer situação, decidi ir conversar com os meninos que estavam no meio daquela conversa toda, se é que podemos chamar assim!

Psiu!!!!

Cochichar não tá com nada!

Nenhum deles assumiu o que tinha feito e um jogava a culpa para o outro. Eu os encarava, esperando que eles me falassem a verdade. Sem admitir nada, eles começaram a dar desculpas e sair de perto de mim.

Queria conversar também com o Biel, mas simplesmente ele virou um fantasma na escola. Ninguém o encontrava.

Você viu o Biel por aí?

Não sei se ele estava fugindo da turma ou da Lúcia, já que ela o ignorou. Lúcia tinha encontrado no banheiro o esconderijo ideal e lá ficou trancada por um bom tempo. O sinal tocou e ela foi obrigada a voltar para a sala.

Tudo bem, Lúcia?

Você acredita que foi a única coisa que eu consegui dizer?

Como uma boa amiga, fui seguindo ao lado dela sem comentar nada e entramos juntas em sala, onde todos os olhares estavam em nós duas.

Sem dizer nada para ela, fiquei pensando se fosse comigo, o que eu faria naquela hora. E você, como reagiria?

Preciso da sua opinião para entender e lhe conhecer melhor. Dê sua opinião e comente suas razões:

Pesquisa de opinião

Envergonhada

___

___

Normal

___

___

Irritada

___

___

Gostar de alguém é algo tão natural que nem sei onde fica a vergonha, mas acho que estão confundindo isto com uma vontade de namorar. Esta já é uma polêmica grande. Na nossa idade todos parecem ficar esperando para ver quem serão os primeiros a namorar. Precisa mesmo desta confusão toda?

Qual a idade certa para namorar?

___

___

___

Namoro é uma coisa muito séria e só deve começar se a nossa vontade de estar ao lado do amigo ficar muuuuiiitoooo grande, ou então é melhor preservarmos a amizade.

Ás vezes, na ansiedade de crescer logo e ficar um jovem bem mais maduro, procuramos imitar os mais velhos que nós, sem sabermos se aquilo é bom ou ruim para nossa vida. Vemos a grande maioria fazendo as coisas e decidimos ir junto.

Nem tudo é bom para mim...

Uma chuva de pensamentos me fazem refletir.

Preciso cuidar do meu corpo e dos meus pensamentos...

Não quero agir sem pensar. Prefiro ser eu mesma e deixar as coisas acontecerem no momento certo. Criança, jovem ou adulto, todos querem amar, mas o amor vai acontecendo aos poucos, na convivência, na amizade, no carinho, no respeito e na admiração que sentimos um pelo outro.

São palavras da minha mãe. KKK

Nada errado, se eu aprender com ela. Sei que os responsáveis por nós procuram nos ajudar a entender este lado da vida e nossas relações com outras pessoas, amigos ou não.

As mães são sábias como girassóis.

Quando a aula terminou, fui com a Lúcia conversar com a psicóloga do colégio. Ela nos ouviu e explicou que o sentimento por um amigo é muito normal e que não existe nada errado se realmente sentimos um pouco mais do que amizade por ele.

Namoro ou amizade, como você resolve?

____

____

____

Nesta fase que estamos vivendo, segundo ela, acontecem as mudanças na cabeça, no corpo, nos hormônios que são produzidos pelo nosso organismo e, tudo misturado, confundem a nossa mente. Não dá para nos sentir diferentes se todos estão na mesma fase de transformações.

Conselho legal: melhor sabermos primeiro como somos, o que queremos de verdade sem a preocupação de fazermos qualquer coisa só pelos outros.

Aquele papo jovem chegou em boa hora e a Lúcia se recuperou daquela tristeza. Tudo na vida tem um tempo e se ela reagiu daquela forma é porque o tempo estava errado, ainda não era a hora de pensar em gostar diferente ou namorar.

Com calma e sabedoria o tempo chega.

E também este tempo varia de pessoa para pessoa. Cada um vai viver um namoro no momento em que a cabeça estiver pronta para conhecer melhor outra pessoa.

Este é o momento de novas descobertas e eu não quero perder tempo com bobagens. Quando chegar a hora, vou saber e conversar com minha mãe, irmã ou com meu pai. Não quero esconder isso deles.

Hora do papo sério e sincero.

Ao sairmos da sala dela, Biel nos aguardava na sala de espera e eu os deixei conversar sozinhos. Pela expressão de alívio deles, tudo foi esclarecido e eles seguiram amigos...

Uma grande amizade não tem preço.

Só toque na vida de alguém sendo sincero.

Pensar e ser honesto, não dói!

XIV

Manias

Cantar

Brincar

Amar

Sorrir

Ler

Fazer isto ou aquilo... sempre!

É engraçado, mas é a cara dos jovens. Olhamos para o mundo, nos identificamos ou gostamos de algo, seja lá o que for: meia, roupa, cabelo, cor, botas, jeans e pimba! Passamos a ter o hábito de usar ou fazer a mesma coisa com frequência.

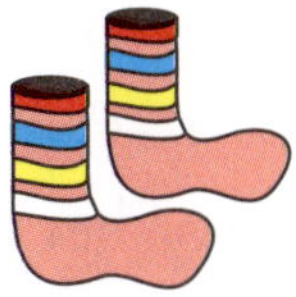

Somos maníacos ou rebeldes?

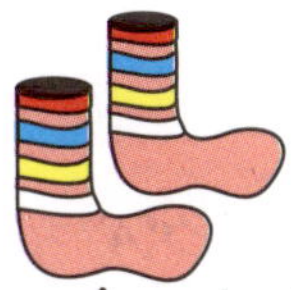

Somos jovens. Apenas isto! E na juventude o que mais vale é experimentar um pouco de tudo que é legal e que não vá nos tornar dependentes.

Vá lá que gostar de games é quase uma geral... a maioria se identifica e ama.

Vamos jogar?

As séries também são sempre muito legais, têm uma sequência e, desde a primeira fase, conhecemos os personagens e já passamos a gostar mais de um que de outro e passamos a defender nossos preferidos.

Voltar da escola correndo para dar tempo de assistir o episódio da série favorita é mais comum do que muito adulto pensa.

Algumas manias, acho que vou carregar comigo por toda a minha vida. Eu gosto de fazer e repetir cada uma delas e tem algumas que eu simplesmente AMO!

Buscar fashionites na net.

Lamber a tampa do iogurte

Usar flores e broches

Claro que viro o rosto ou abaixo a cabeça quando vou lamber a tampa do iogurte, pois se meu pai perceber... bronca certa! Na escola, vejo várias manias e me divirto analisando qual delas posso adotar. Procuro as menos radicais.

EMO/Gótico

Esta é uma que acho radical, pois muda muito o visual, corta o cabelo diferente, piercings e roupas muito transadas. Alguns desses jovens passeiam pelo pátio da escola. Qualquer dia, vou conversar e aprender um pouco mais sobre eles.

Conhecer melhor o outro ajuda a não errar com ele.

Que nossos afetos sejam sempre sinceros e que o amor seja grande... muito grande!

Tem uma mania que vi em algumas garotas e achei legal: sapatos com cano mais longo, cheios de broches, desenhos coloridos e outros com escritos. Frases da hora.

No intervalo, minhas amigas e eu gostamos de ouvir música bem alta. A onda é repetirmos as mesmas músicas várias vezes e cantarmos juntas.

Em sala de aula, no início das atividades, minha letra começa linda, toda certinha, com o tempo a preguiça vai tomando conta de mim, esqueço as canetinhas coloridas e escrevo de todo jeito. Ficam verdadeiros garranchos!

Gramática Substantivo

Lúcia Bel

O pior é que tem dias onde a melhor notícia é não ter que copiar muita coisa, aí alguém pergunta depois da professora encher o quadro de texto: "É pra copiar, professora?"

Morro, com um só golpe!

Nessas horas, eu já estou empurrando a cadeira e me balançando sobre dois pés dela...

Lista de manias conhecidas

Escrever o nome das amigas em toda matéria.

Comer só o recheio dos biscoitos.

Tirar nota baixa e dizer em casa que todo mundo também tirou.

Celular e jogos.

Morder a fruta e deixar.

Usar meias coloridas, listradas.

Conversar sobre as mudanças em nosso corpo.

Dar a entender que já sabemos tudo.

Esquecer na gaveta as roupas cheias de bonecos.

Não comer feijão e salada.

Dormir a manhã toda.

A lista é tão grande que nem lembro agora tudo o que a galera mais repete na vida. Nossa longa vida!

Temos que crescer, amadurecer e aprender com os pais, tios, primos, vó e vô, professora e também com as amigas e a net.

Com a net, todo cuidado ainda é muito pouco. Estas são as palavras que mais ouvimos em todo lugar.

Cuidado com a net!

Alerta geral!

Confesso que em casa, minha mania, aquela que nem percebo, é entrar no banheiro sem a toalha e aí eu grito:

Manhê, traz a toalha aê!!

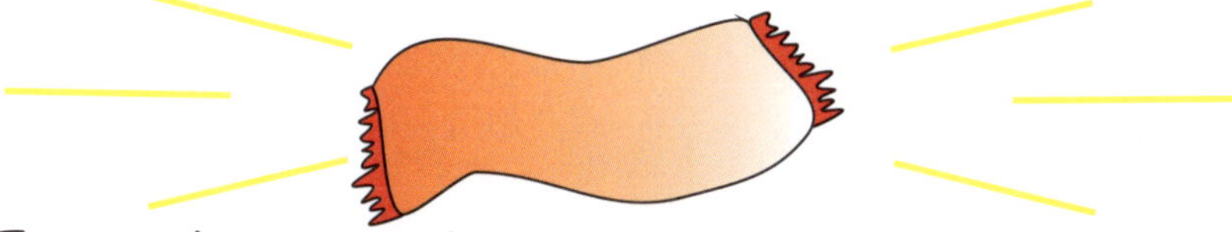

Essa mania parece mais uma preguiça e eu percebi que a minha mãe já está ficando irritada e meu pai diz que minha mãe não me ensina... Mima.

As fashionites da net são até engraçadas, o problema é que não sei escolher o meu estilo e faço uma mistura total com as roupas. Às vezes pareço maluca quando coloco várias blusas, uma sobre a outra, tentando achar um look legal.

Rebeldes, bizarros, fashion, gótico... Eu misturo de tudo, sem definição clara e real. KKK

Tenho uma mania elogiada por todos: ler.

Minha coleção de livros é maior que a da minha irmã. Eu sou apaixonada por livros de aventura e também por gibis. A tentação maior são aqueles onde a história tem continuidade, só falto morrer de tanta ansiedade, esperando o volume que ainda será escrito e lançado.

Os escritores deveriam escrever todos e lançá-los de uma só vez, assim eu não precisaria esperar um ano.

2016... 2017... 2018...

Não gosto de jeans, menos ainda dos surrados e rasgados.

Prefiro as roupas delicadas, os vestidos floridos, os lacinhos na cabeça (laços e flores são outra mania).

Gosto do meu lado romântico, de me ver como uma garota iluminada com meus vestidos que voam e saias longas, de rasteirinhas coloridas e camiseta básica.

Existem manias ruins? Acho que toda mania que faz algum mal deve ser pensada. Se quando repetimos uma mania, alguma bronca surge, devemos tentar descobrir as razões.

Zoar da cara do outro   Mentir   Brigar

Fumar   Trair   Beber   Gritar   Colar

Para que continuar fazendo algo que prejudica a nós e os outros? A galera pode até achar que é chatice, mas, para saber se é só isso mesmo, temos que pensar e decidir se é melhor parar e mudar ou continuar e assumir as responsabilidades.

Responsabilidades

Que palavra enorme! E o que ele carrega de regras é maior ainda! Pensa bem: se queremos crescer, alguma coisa tem que mudar e se nada mudar, vamos parar no tempo.

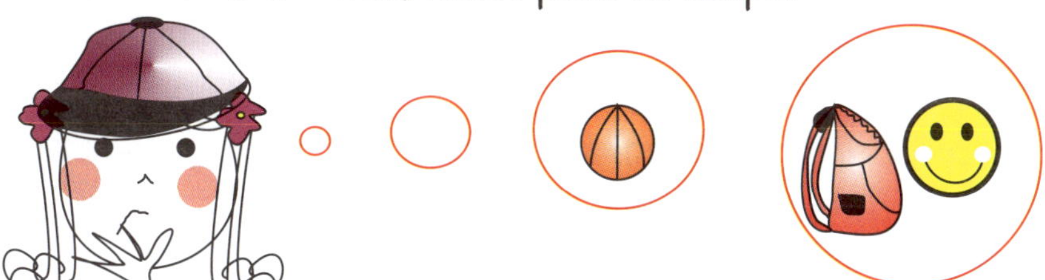

Ontem, os pais resolviam tudo; hoje, muita coisa já deve ser resolvida por nós. Esta é a parte ruim de crescer: Mudar!

Se tudo estava bem, a diversão era certa, a escola na média, os pais assumindo tudo e orientando, qual a real necessidade de crescermos?

Fizemos este debate e percebemos que ainda não estamos na condição de seguir sozinhos, tem muita coisa ainda para descobrirmos e vivermos, mas com alguém a nos orientar, ou correremos o risco de nos machucar.

É mais ou menos como andar de bicicleta, queremos aprender, mas vamos levar alguns tombos até conseguirmos.
No começo, ainda teremos que pedir ajuda, ou os tombos serão maiores.

Algumas manias vamos carregar com a gente e nos farão lembrar sempre das coisas boas que vivemos. Vejam os adultos correndo, eles nem prestam atenção à vida, são tão e até mais agitados do que nós, a diferença é que a gente sabe aproveitar este agito todo. Desejo, de verdade, as novas manias e espero saber lidar com elas, pois estamos entrando na era das responsabilidades.

Só não pode nos faltar alegria, amor e fé.

Vamos crescer e fazer da vida algo bom para lembrarmos e que as coisas boas fiquem para sempre...

XV

Puberdade e Liberdade

Estou crescendo e as transformações me fazem pensar mais, desejar mais, aprender mais.

Se eu parar e olhar dois anos atrás, nem vou acreditar na menina que eu era e em tudo o que fazia e gostava.

E como é rápida a transformação!

Tudo está diferente, meu corpo não é mais o mesmo, minha cabeça também não, minhas vontades de antes estão perdendo um pouco a graça e até meu gosto compulsivo por comida já me faz lembrar que não sou a mesma garota.

Na escola, em casa, só escuto falar em:

Puberdade Liberdade Rebeldia

As aulas sobre o corpo humano, depois de muitos risinhos e muita onda, ensinaram como isto aconteceu. Nada anormal, se nos olharmos no espelho e se observarmos todas as mudanças no nosso comportamento.

Sem perceber, eu já tinha esquecido na gaveta todas as peças de roupa com os desenhos das princesas; minhas bonecas estavam com saudade da minha comidinha e do meu carinho.

Eu perdi a graça para muita coisa e meus pais falam em hormônios, como se eu fosse um frasco cheinho deles. Eu reclamo e eles riem carinhosos, acho que me entendem e devem ter passado por tudo que vou passar, afinal, já tiveram minha idade.

A puberdade já foi assunto em sala de aula e em casa. Com ela vem a liberdade de fazer muitas coisas que não dava e ainda um pouco de rebeldia para atrapalhar meus dias. Na boa, acho que não sou das piores. Vejo amigas muito mais estressadas e ansiosas para verem e sentirem as mudanças físicas e se sentem preparadas para tudo.

Vagina
Absorventes
Cólicas
Seios
Depilação
Menstruação
Namoro
Espinhas
Pêlos

Se alguém quiser me explicar como misturar tudo isto e não pirar de vez, quero conhecer hoje!

Tudo muito natural, mas chato. Dizer que faz parte do nosso crescimento, não vale, é muito pouco para tanta transformação em um só corpo, em minha vida nada mole.

Viver e ser feliz!

Juntando tudo isto, os jovens só podem ficar rebeldes. Não dá pra encarar tanta coisa, sem pirar de vez em quando.

Como para tudo tem uma solução, assim diz minha mãe, eu procuro a minha forma de resolver sem muito estresse. Só não me peça, meu querido amigo, que eu daqui pra frente seja a mesma menina ou será mocinha?

Menina?  Mocinha?

Adotar comportamentos bizarros só para descontar na puberdade e nos hormônios já está fora de moda. Hoje, o jovem assume seus erros e também luta por sua liberdade.

Liberdade para falar.

Liberdade para agir.

Liberdade para decidir.

O que é ter liberdade? Para que eu quero liberdade?

A palavra é bonita e atual. Tá na boca de todo jovem, mas e se não estamos sabendo direito o que ela quer dizer?

Dançar é uma forma de liberdade...

Um jovem com atitude mostra que está encarando bem este momento complicado e dinâmico da vida e se pararmos para pensar, ainda sofremos várias INFLUÊNCIAS.
Se eu não quiser fazer parte da rebeldia, serei excluída ou a galera vai saber respeitar meu direito de decidir?

Vejo jovens bebendo, fumando e fazendo muita coisa, mas fazem tudo escondidos. Como assim? Se é pra fazer escondido, onde anda a liberdade? E se estão escondidos é porque o que estão fazendo tem algo errado.
Não dá pra esperar o momento certo? Claro que temos tempo para tudo e até para amadurecermos com tranquilidade, se tudo já anda esquisito, não quero aumentar minha agitação.

1... 6... 15... 23... 27... 31...

O tempo é um ótimo professor...

Gosto de falar do tempo. Entendi que ele tem um grande papel em nossas vidas e se a gente tiver paciência para esperar que ele passe, lá na frente as coisas devem ficar mais fáceis de encarar numa boa.

tempo tempo tempo tempo

E para você, meu querido amigo, companheiro e confidente, me declaro apaixonada por tudo que eu lhe confessei, pois são a minha vida, meus grilos, meus medos e meu amor por tudo.

Quero voltar a ter você nas mãos daqui a alguns anos e me conhecer nestes dias de mocidade.

Quero ter outros amigos como você e em cada fase da minha vida buscar sempre o melhor para mim e para o mundo, mas não esquecer que existe um único Deus que nos ama e nos escuta, sabe dos nossos medos e cuida de nós.

Vou com Deus e com amor!

Fui! Até a próxima!